www.ingramcontent.com/pod-product-compliance
Lightning Source LLC
LaVergne TN
LVHW010602070526
838199LV00063BA/5042
9788195988600

چالاک مرغا

(بچوں کا ناول)

کوثر چاندپوری

© Farha Sadia
Chalaak Murgha (Kids Novel)
by: Kausar Chandpuri
Edition: November '2022
Publisher & Printer:
Taemeer Publications, Hyderabad.

ISBN 978-81-959886-0-0

مصنف یا ناشر کی پیشگی اجازت کے بغیر اس کتاب کا کوئی بھی حصہ کسی بھی شکل میں بشمول ویب سائٹ پر اَپ لوڈنگ کے لیے استعمال نہ کیا جائے۔ نیز اس کتاب پر کسی بھی قسم کے تنازع کو نمٹانے کا اختیار صرف حیدرآباد (تلنگانہ) کی عدلیہ کو ہو گا۔

©فرح سعدیہ

کتاب	:	**چالاک مرغا** (بچوں کا ناول)
مصنف	:	**کوثر چاندپوری**
صنف	:	ادب اطفال
ناشر	:	تعمیر پبلی کیشنز (حیدرآباد، انڈیا)
زیر اہتمام	:	تعمیر ویب ڈیولپمنٹ، حیدرآباد
ترتیب / تہذیب	:	مکرم نیاز
سالِ اشاعت	:	۲۰۲۲ء
تعداد	:	(پرنٹ آن ڈیمانڈ)
طابع	:	تعمیر پبلی کیشنز، حیدرآباد -۲۴
صفحات	:	۸۶
سرورق ڈیزائن	:	مکرم نیاز

انتساب

ماہنامہ "کھلونا" کے نام
جس نے ادبِ اطفال کی ترویج و ترقی میں
اپنا یادگار کردار نبھایا

جو لوگ اپنی زبان کو زندہ رکھنے میں دلچسپی رکھتے ہوں انہی کے دل و دماغ میں اردو تہذیب کا حقیقی تصور راسخ ہوتا ہے!

فراق گورکھپوری

پیش لفظ

مکرم نیاز

سبھی جانتے ہیں کہ 'ادبِ اطفال' اس ادب کو کہا جاتا ہے جو بچوں کے لیے لکھا جائے اور جسے بچے شوق سے پڑھیں۔ دنیا کی تمام مقبول زبانوں میں ادب اطفال کی بڑی اہمیت ہے۔ اردو زبان میں بچوں کے لیے لکھنے والوں کی تعداد ہر دور میں ہرچند کہ کم رہی ہے مگر ادیبوں اور شاعروں نے بڑی محنت اور لگن سے بچوں کے لیے بہتر ادب تخلیق کیا ہے۔

بچوں کے لیے لکھنا کوئی آسان کام نہیں، حتیٰ کہ مواد کو دلچسپ، آسان فہم اور حال کے سانچے میں جذب ہونے والی تحریر کی شکل میں پیش کرنا پڑتا ہے۔ یہی سبب ہے کہ آج بھی مولوی اسمعیل میرٹھی کی کتابیں پڑھ کر دادِ تحسین دینے پر مجبور ہونا پڑتا ہے۔ کیونکہ ان کی تحریروں میں معیاری ادب کی خصوصیات کے علاوہ معنویت ہے، دلآویزی ہے اور سب سے بڑھ کر یہ کہ بچوں کے اخلاق و کردار کی تعمیر ہے۔

اس تعلق سے ڈاکٹر ابرار رحمانی بجا طور پر لکھتے ہیں کہ:

> بچوں کی اپنی ایک الگ دنیا ہوتی ہے۔ ان کی اپنی پسند اور ناپسند ہوتی ہے۔ ان کی اپنی ضرورتیں اور دلچسپیاں ہوتی ہیں۔ عمر بڑھنے کے ساتھ ساتھ ان کی پسند اور ناپسند، ضرورتیں، دلچسپیاں، احساسات، سوجھ بوجھ، شعور اور عادتوں میں تبدیلیاں ہوتی جاتی ہیں۔ غرض بچوں کے شعور، احساس اور فہم و ادراک کی دنیا بڑوں سے بالکل الگ ہوتی ہے۔ اس لیے وہ ادب جس کے ذریعے بچوں کی دلچسپی اور شوق کی تسکین ہو اور جو مختلف عمر کے بچوں کی نفسیات، ضروریات، میلانات،

دلچسپیوں اور ان کی فہم و ادراک کی قوت کو پیش نظر رکھ کر تخلیق کیا گیا ہو، صحیح معنوں میں 'بچوں کا ادب' کہلانے کا مستحق ہے۔

اردو زبان اگر آج زندہ ہے تو یقیناً اپنے سیکولر مزاج، شیریں بیانی اور صالح تہذیب کی وجہ سے زندہ ہے۔ اور یہی سبب ہے کہ انگریزی کے پروفیسر اور نامور اردو فراق گورکھپوری کا کہنا تھا کہ: "جو لوگ اپنی زبان کو زندہ رکھنے میں دلچسپی رکھتے ہوں انہی کے دل و دماغ میں اردو تہذیب کا حقیقی تصور راسخ ہوتا ہے"۔

کوثر چاندپوری، دنیائے اردو میں کسی تعارف کے محتاج نہیں۔ وہ ایک کہنہ مشق ادیب رہے ہیں اور انہوں نے معیاری ادب کے اعلیٰ نمونے اپنی متعدد کتابوں کے ذریعے پیش بھی کیے ہیں۔ انہوں نے کئی کتابیں بچوں کے لیے بھی تحریر کی ہیں جس میں سلاست، روانی اور سادگی کے دریا ہر سطر میں بہتے نظر آتے ہیں۔ پیش نظر باتصویر کتاب "**چالاک مرغا**" کی خوبی یہ ہے کہ ایک پرندہ کے قصے کی شکل میں انہوں نے بچوں کو زندگی کے حقائق آسان پیرائے میں سمجھانے کے علاوہ ان کے ذریعے مفید نتائج کی طرف رہبری بھی کی ہے۔ یہ کتاب تقریباً تین چوتھائی صدی قبل، سابق ریاست حیدرآباد دکن کے ایک مشہور و مقبول اشاعتی ادارہ عبدالحق اکیڈیمی کی جانب سے شائع ہوئی تھی، تعمیر پبلی کیشنز کی طرف سے اس کی اشاعتِ نو کی جارہی ہے۔ امید ہے کہ اپنے آسان اور منفرد اندازِ تحریر کی بنا پر یہ کتاب آج کے بچوں کے لیے بھی مفید ثابت ہوگی۔

۱۱ر نومبر ۲۰۲۲ء

حیدرآباد دکن (انڈیا)

چالاک مرغا

(بچوں کا ناول)

کوثر چاندپوری

چالاک مُرغا

کسی گاؤں میں ایک غریب بڑھیا رہتی تھی۔ اس کے یہاں ایک چالاک مُرغا پلا ہوا تھا۔ بڑھیا اس سے بہت محبت کرتی تھی دن رات اس کی دیکھ بھال کرتی دانہ کھلاتی پانی پلاتی رات کو اپنے پلنگ کے پاس ہی ٹاپے میں بند کر کے اوپر ایک بھاری پتھر رکھ دیتی گاؤں میں بلّیاں بہت تھیں بڑھیا کو ڈر تھا کہیں کوئی بلّی اس کے لاڈلے مرغے کو منھ میں داب کر نہ بھاگ جائے اور تکا بوٹی نہ کر ڈالے۔

ایک دن بڑھیا کے گھر کھانے کو کچھ نہ تھا۔ وہ صبح سے شام تک بھوکی رہی مرغے کو بھی دانہ نہ ملا باہر کوڑے پر اس نے دو چار چنے کے دانے کرید کر کھائے اس سے اس کا پیٹ کیا بھرتا شام کو مُرغا ٹاپے کے پاس آکر آنکھیں بند کر کے ایک ٹانگ پر کھڑا ہوگیا بڑھیا نے مُرغے کو اس حالت

میں دیکھا تو اسے بہت ترس آیا وہ رو کر بولی۔ بیٹا مُرغے کیا کروں آج میرے پاس کھانے کو کچھ بھی نہیں میں نے بھی کچھ نہیں کھایا بیٹا اب تو صبر کر خدا نے سویرے کچھ دیدیا تو آپ بعد کو کھاؤں گی پہلے تیرا پیٹ بھر دوں گی۔ مُرغا بڑھیا کی باتیں سن کر چونک پڑا جلدی سے

دونوں پیروں پر کھڑا ہو گیا اور پر پھٹ پھٹا کر پہلے زور سے ککڑوں کوں کی دو تین آوازیں لگائیں پھر کٹ کٹ کٹاک، کٹ کٹ کٹاک کا غل مچا کر بولا۔

کیا آپ نے بھی کچھ نہیں کھایا۔؟

ارے یہ تو بڑا غضب ہوا آپ میری فکر نہ کیجیے، اپنا پیٹ بھرنے کی کوشش کیجیے!

بیٹا پیٹ کہاں سے بھروں میرے گھر میں نہ تو دانیال ہے نہ پیسے ہیں پھر پیٹ کہاں سے بھروں؟

اچھا آج آپ مجھے بند نہ کیجیے، میں کوٹھے کی منڈیر پر یوں ہی کھلا بیٹھا رہوں گا اور صبح تک آپ کے لیے تھوڑا بہت روپیہ اکٹھا کر دوں گا۔

نا بیٹا نا بڑھیا بولی میں رات کو تمھیں کھلا نہ چھوڑوں گی۔ اور جو کسی بھوکی بلی نے آ جھنجوڑا دشمنوں کو تو بیٹا میں کس کی ماں کو ماں کہونگی۔

میں نے تیرے سوا دُنیا میں اور دیکھا ہی کیا ہے عمر بھر میں تو اللہ نے ایک مُرغا دیا ہے جس سے دو گھڑی جی بہلا لیتی ہوں وہ بھی ہاتھ سے نکل گیا تو میں کہیں کی نہ رہوں گی۔

اماں آپ ڈریے نہیں مرغے نے کہا بلّی مجھے نہیں کھا سکتی میں وعدہ کرتا ہوں کہ صبح تک بہت سی اشرفیاں جمع کر دوں گا۔

اشرفیوں کا نام سُن کر بڑھیا کے منہ میں پانی بھر آیا چھاتی پر پتھر رکھ کر اس نے مرغے کو کھلا چھوڑ دیا وہ اُڑ کر کوٹھے کی چھت پر جا بیٹھا بڑھیا ٹوٹی کھاٹ پر پڑ کر سو گئی مُرغا ایک ٹانگ پر کھڑا دیکھتا رہا اتفاق سے ایک کالی بلی

چلتی پھرتی اُدھر آ نکلی وہ مُرغے کو کھلا دیکھ کر

بہت خوش ہوئی اور دل میں کہنے لگی آج بہت دنوں کے بعد اللہ میاں نے دعا قبول کی اور کھانے کو ایسا نرم چارہ دیا ——— واہ رے بلیوں کے خدا تو اپنی گنہگار کالی کلوٹی بلیوں پر کتنا مہربان ہے، یہ کہتی ہوئی وہ دبے پاؤں مرغے کی طرف چلی، مُرغا پہلے ہی اُسے دیکھ چکا تھا بلّی قریب پہنچی تو مُرغا بولا، کٹ کٹ کٹاک، کٹ کٹ کٹاک بی بلّی دیکھو کہیں غلطی سے جھپٹ نہ پڑنا۔ کبھی لینے کے دینے پڑجائیں۔

چل موئے لنڈورے مُرغے میری آنکھوں میں دھول جھونکتا ہے اب تو میں تجھے کھا کر ہی چھوڑوں گی برسوں میں تو اللہ نے ایک مُرغا دیا ہے بھلا کیونکر چھوڑ دوں اُسے ؟

تم جانو بی مانو میں تو تمہارے ہی بھلے کی کہہ رہا تھا، بات یہ ہے گاؤں میں چین کے کچھ سوداگر آگئے ہیں وہ پچاس روپیے کو ایک بلّی خرید رہے ہیں اور کالی بلّی کے دو روپیے

زیادہ رہتے ہیں۔ سوداگر بلبیوں کو کولھو میں پیل کر تیل نکال لیتے ہیں اس تیل کو بوتلوں میں بھر کر اپنے دیس لے جاتے ہیں وہاں انھیں اس تیل کے بڑے دام ملتے ہیں یہ تو تمھیں معلوم ہی ہے کہ میری مالک بڑھیا بہت غریب ہے کل اسے اُسے کھانے کو روٹی بھی نہیں ملی اس نے جو یہ خبر سُنی تو خوشی سے پھول کر کپا ہوگئی چپکے سے مجھے یہاں بٹھا کر چینی سوداگر کا دیا ہوا بجلی کا جال بچھا گئی وہ جانتی ہے کالی بلی روز مرغے کی تاک میں اس کے گھر آتی ہے آج ضرور لالچ میں آکر جال میں پھنس جائے گی۔ تم خود جانتی ہو آج سے پہلے وہ مجھے کس طرح ٹاپے میں بند کرکے رکھتی تھی کوئی فائدہ نہ ہوتا تو کیا اس کا سر پھرا تھا کہ مجھے یہاں چھوڑ جاتی اور آپ مزے سے پلنگ پر پاؤں پھیلا کر سوتی۔ تمھیں اپنی جان پیاری ہے تو چپکے سے کھسک جاؤ اور مجھ سے الگ ہی رہو کہیں ایسا نہ ہو تار کے پاس آجاؤ اور جال میں پھنس کر آفت میں گرفتار ہو جاؤ

مجھے تو کبھی جان کی پروا ہوئی نہیں اب بھی دیکھو ایک ٹانگ پر کھڑا مزے سے اللہ کو یاد کر رہا ہوں۔ بو لو کھاؤ گی بی مانو مجھے؟ کٹ کٹ کٹاگ کٹ کٹ کٹا کٹ!

بلی خوب جانتی تھی بڑھیا اتنی بے وقوف نہیں ہے کہ بے وجہ مرغے کو اکیلا کوٹھے پر چھوڑ دے۔ وہ تو بڑی احتیاط سے ٹاپے میں بند کیا کرتی تھی ضرور کچھ دال میں کالا ہے جب ہی تو بڑھیا لمبی تانے پڑی ہے اور مرغا یہاں کھڑا اونگھ رہا ہے۔ مرغا اتنا بے وقوف نہیں ہے کہ خوشی سے یوں کھڑا رہتا۔ اپنی جان سب کو پیاری ہوتی ہے اس کی ٹانگ جال میں الجھی ہوئی نہ ہوتی تو کبھی کا وہ یہاں سے اڑ گیا ہوتا۔ مگر غریب کر کیا سکتا ہے زبردست مارے اور رونے نہ دے، بلی نے کہا مرغے تو بڑا چالاک ہے اپنی جان بچانے کے لیے باتیں بنا رہا ہے۔

یقین نہیں آتا تو آؤ کھا لو مگر پہلے بال بچوں کا

کوئی بندوبست کرتی آؤ مجھے معلوم ہے تمھارے دو تین ننھے ننھے بچے بھی ہیں دن رات میاؤں میاؤں کرتے رہتے ہیں انھیں اللہ کو سونپتی آؤ سچ ہے لالچ دوست دشمن کے فرق کو مٹا دیتا ہے تم بھی لالچ میں اندھی ہو رہی ہو۔

بلی ڈر گئی اُسے مُرغے کی باتوں پر یقین آگیا بولی بھیا مرغے سچ تو یہ ہے کہ تم بڑے شریف ہو لنڈورے ہو تو کیا ہوا ہو بڑے بھلے مانس میں تمھارا یہ احسان کبھی نہ بھولوں گی تم نے مجھ پر اور میرے بچوں پر بڑا ترس کھایا اور جو کہیں میں جال میں پھنس جاتی تو میرے بچوں کا کیا حال ہوتا رو رو کر مرجاتے اور وہ موٹے چینی سوداگر میرا تیل نکالے بغیر کبھی نہ مانتے۔ اچھا بھیا جیتے رہو تو میں جا رہی ہوں اور

جب تک یہ سوداگر یہاں ٹھیرے ہوئے ہیں کسی مرغے یا مرغی کی طرف آنکھ اُٹھا کر بھی نہ دیکھوں گی، پڑے خاک ایسے زبان کے چٹخارے پر جان ہے تو سب کچھ ہے!

اور اپنی بہنوں سے بھی کہدینا مرغا بولا۔

ہاں بھتیا گاؤں کی ساری بلیوں کے کان میں پھونک دونگی یہ بات!

بلی چلی گئی مرغا پھر ایک ٹانگ پر کھڑا ہوگیا بہت رات گئے ایک چور سر پر اشرفیوں کی گٹھری رکھے ادھر سے گذرا مُرغا اُسے دیکھ کر بولا، ککڑوں کوں! ککڑوں کوں!!

چور سمجھا صبح ہوگئی وہ گھبرا کر چاروں طرف دیکھنے لگا

کہیں چھپنے کی جگہ مل جائے تو چھپکر بیٹھ جائے مرغے نے پھر کہا ککڑوں کوں ! ——— دیکھتے کیا ہو سویرا ہوگیا۔ خبردار جو آگے قدم بڑھایا۔

چور نے کہا تمھیں دھوکا ہوگیا تم نے بہت جلدی اذان دیدی مجھے گھر سے نکلے ابھی دیر ہی کتنی ہوئی ہے ؟

کٹ کٹ کٹاک ۔ کٹ کٹ کٹاک ۔ دھوکے کے بچے، تیری عقل ماری گئی ہے کبھی مرغوں نے بھی دھوکا کھایا ہے وہ مرغا نہیں اُلو ہے جو صبح کو نہ پہچانے دیکھ ابھی تیرے آگے تین چار سپاہی بندوقیں لیے ہوئے گئے ہیں ایسا نہ ہو تجھے گرفتار کرلیں'

پھر میں کہاں چھپوں پیارے مرغے ؟

اس وقت میرے یہاں آجاؤ صبح ہوچکی ہے۔ شام تک میرے ٹاپے میں بیٹھے رہنا رات ہوتے ہی اپنی اشرفیاں لے کر چل دینا۔ چور کو مرغے کی بات پسند آگئی وہ سیدھا بڑھیا کے گھر آگیا مرغے نے بڑھیا کو

جگا کر اس کے کان میں کہا،

اماں میں ایک چور کو لے آیا ہوں اُسے میری جگہ ٹاپے میں بند کردو اور اس کی اشرفیوں کی گٹھری صندوق میں — رکھ دو۔

بڑھیا نے چور کو ٹاپے میں بند کر کے اوپر پتھر

رکھ دیا اور اشرفیوں کی گٹھری نالے میں رکھ دی۔

چور بہت دیر تک چپ چاپ ٹاپے میں بیٹھا رہا آخر اُکتا کر بولا، میاں مُرغے تم تو کہتے تھے صُبح ہوگئی مگر سُورج اب تک نہیں نکلا میں یہاں بیٹھے بیٹھے پریشان ہوگیا مہربانی کر کے مجھے چھوڑ دو۔

ککڑوں کوں! ککڑوں کوں!! گھبراؤ مت آج سورج نکلنے میں ذرا دیر ہوگئی بات یہ ہے کہ شہر میں پانی

بہت برس گیا تھا بادشاہ نے سورج کو بیگار میں پکڑ لیا اور یہ حکم دیدیا کہ شہر کی کیچڑ سکھا کر کہیں اور جانا۔ بس اب سورج چھوٹنے ہی والا ہے اور چھوٹتے ہی پہلے آسمان پر آئیگا!

ابے کیسی باتیں کرتا ہے کہیں سورج بھی بیگار میں پکڑا جاتا ہے؟

جناب جس ملک میں چوروں کو جلا کر ان کی مومیائی بنائی جاتی ہو وہاں سورج کا بیگار میں پکڑا جانا کون سے اچنبھے کی بات ہے؟

ارے تو کیا یہاں چوروں کو جلا کر ان کی مومیائی بنائی جاتی ہے؟

اور کیا؟

پھر تو مجھے یہاں سے جلد بھاگ جانا چاہیے۔

اگر آپ کو اپنی جان پیاری ہے تو ضرور بھاگ جایئے!

اچھا مجھے کھول دو تاکہ ابھی بھاگ جاؤں۔

صبح تک آرام سے یہیں بیٹھے رہیے ذرا دن چڑھے آپ کو کھول کر بھگا دیا جائیگا۔

دن چڑھے ؟ کیا تو مجھے گرفتار کرانا چاہتا ہے؛
کیوں بے لنڈورے مرغے
کسی کو یہ معلوم ہی کیونکر ہوگا کہ آپ چور ہیں ؟
اشرفیوں کی گٹھڑی میرے سر پر دیکھ کر ہر شخص
سمجھ لیگا کہ میں چور ہوں
ہاں یہ تو بالکل ٹھیک ہے مرغا بولا
پھر اب میں کیا کروں ؟ —— لنڈورے مرغے
تو بہت چالاک معلوم ہوتا ہے
دیکھیے اب مجھے لنڈورا مرغا کہا تو اچھا نہ ہوگا میں
ابھی آپ کو گرفتار کرا دونگا۔

پیارے مرغے معاف کرو اب کبھی میں تمہیں
لنڈورا مرغا نہ کہوں گا خدا کے لیے مجھے بچاؤ۔

بڑی آسانی سے آپ بچ سکتے ہیں۔

پیارے مرغے جلدی بتاؤ میں کیونکر بچ سکتا ہوں؟

اشرفیاں آپ یہیں چھوڑ جائیے جس چیز سے اتنا زبردست خطرہ ہو اُسے ساتھ لے جانے سے فائدہ؟

میں تو بڑی محنت سے یہ اشرفیاں چرا کر لایا تھا اگر آپ گرفتار ہونا چاہتے ہیں تو لے جائیے میں کب روکتا ہوں۔ بھلا اشرفیاں میرے کس کام آئینگی میں تو آپ ہی کے بھلے کی کہہ رہا ہوں

چور بہت گھبرایا مگر کرتا کیا صبح تک ٹاپے میں بند رہا۔ ذرا دن چڑھے بڑھیا نے اُسے کھول دیا بیچارہ چھپتا چھپاتا جلدی جلدی گاؤں سے باہر نکل کر

ایک جنگل میں گھس گیا اور بڑی طرح جان بچا کر بھاگا۔

ساری اشرفیاں بُڑھیا کے ہاتھ آگئیں وہ بہت خوش ہوئی اس کے دن پھر گئے خوب اچھے اچھے کھانے پکا کر اُس نے آپ بھی کھائے مُرغے کو بھی کھلائے۔ چور کو اپنی اشرفیوں کے چھن جانے کا بڑا رنج ہوا بہت دنوں تک وہ اس تاک میں رہا کسی طرح مرغے سے بدلہ لے اور اُسے دھوکہ بازی کا مزہ چکھائے مگر مُرغا اُس کے داؤ میں نہ آیا۔

ایک اندھیری رات میں چور موقع پاکر بڑھیا کے گھر میں گھس گیا اور ٹاپا اُٹھا کر مُرغ کو پکڑلیا مُرغے نے بہت باتیں بنائیں چور ہوشیار ہوگیا تھا اُس کی باتوں میں نہ آیا اور اُسے لے کر بھاگا۔

جب مرغے نے دیکھا کہ اب جان کی خیر نہیں تو گھبرا کر غل مچانے لگا، کٹ کٹ کٹاک۔ کٹ کٹ کٹاک۔

بڑھیا مرغے کی آواز سُن کر جاگ گئی اس نے چلّانا شروع کیا محلّے کے آدمی اُٹھ بیٹھے اور چور کے پیچھے دوڑے مرغا برابر چیخ رہا تھا کٹ کٹ کٹاک کٹ کٹ کٹاک آدمی اُسی آواز پر چور کے پیچھے بھاگ رہے تھے۔ چور نے بہت کوشش کی کہ مرغا چُپ ہو جائے اور وہ نکل بھاگے مگر مرغا کب ماننے والا تھا بھاگتے بھاگتے چور تھک کر چُور ہو گیا۔ اسی حالت میں ایک لومڑی نظر آئی اس نے چور سے پوچھا کیا بات ہے کیوں بھاگے جا رہے ہو کیا کوئی شکاری کتّا دوڑ رہا ہے تمہارے پیچھے؟

چور بولا یہ مرغا نہیں مانتا چلائے جاتا ہے میں ایک بڑھیا کے یہاں سے اسے چرا کر لایا ہوں اس کی آواز سُن کر گاؤں کے لوگ میرے پیچھے دوڑے آرہے ہیں۔

لومڑی نے کہا گھبرانے کی کیا بات ہے لاؤ مرغا میرے حوالے کرو اور تم کسی اونچے پیڑ پر چڑھ کر بیٹھ جاؤ لوگ میرے پیچھے دَوڑنے لگیں گے تمھاری جان بچ جائے گی۔ چور نے لومڑی کی بات مان لی اور مُرغا اس کے مُنھ میں دے کر آپ پیڑ پر چڑھ گیا لومڑی مُرغ کو مُنھ میں دبا کر بھاگی مُرغا

اب بھی چیخ رہا تھا کٹ کٹ کٹاک۔ کٹ کٹ کٹاک۔

گاؤں کے آدمیوں نے بھی اُسی طرف کو دَوڑنا شروع کیا جس طرف کو لومڑی بھاگی تھی۔ چلتے چلتے مُرغا بولا آخر تم کیوں اِس جنجال میں پھنس گئیں گاؤں کے آدمی جھلائے ہوئے ہیں

تمھیں گھیر کر پکڑ لیں گے اور گلے میں رسی باندھ کر مار ڈالیں گے۔ مجھے تمھارے حال پر بڑا ترس آرہا ہے۔ فضول تم نے دوسرے کی بلا اپنے سر لی۔

چپ موت پڑے لنڈورے مرغے مجھے کیا پکڑیں گے گاؤں والے میں ابھی شیروں کے جنگل میں پہنچی جاتی ہوں جہاں کوئی گاؤں والا پاؤں بھی نہیں رکھ سکتا۔

اور آپ مجھے چھوڑ دیں تو کیا کوئی ہرج ہے آپ کا؟

ہرج کیوں نہیں میرا پیٹ کیونکر بھریگا؟

اس کی ترکیب میں بتائے دیتا ہوں!

بتاؤ؟

سامنے والے دریا میں ایک بہت بڑی لومڑی رہتی ہے اس نے ہزاروں مرغے پال رکھے ہیں وہ روز ایک مرغ کا ناشتہ کرتی ہے ایک مرغے کی یخنی سوتے وقت پیتی ہے اور جب دیکھو منہ میں مرغا دبائے رہتی ہے بہتر یہ ہے کہ آپ ابھی جاکر

اس سے ملاقات کریں وہ بڑی خوش اخلاق ہے آپ اس
سے مل کر بہت خوش ہونگی۔ آپ نے اس سے
دوستی کرلی تو روز آپ کو دو چار مرغے کھلا دیا
کریگی آپ بھی گاؤں والوں کے ہاتھ سے بچ جائینگی
اور میں بھی کچھ دنوں زندہ رہ سکوں گا گاؤں والے
مجھے لے کر لوٹ جائیں گے اور آپ کا پیچھا چھوڑ دینگے۔
چالاک مرغے میں جانتی ہوں تو مجھے دھوکہ
دے رہا ہے۔ مرغے بڑے دھوکہ باز ہوتے ہیں
لومڑی بھاگتے بھاگتے بولی۔
بھلا اس میں دھوکے کی کون سی بات ہے
مرغے نے کہا آپ دریا کنارے چل کر ابھی میری بات
کا امتحان کرسکتی ہیں۔
مگر اس وقت تک میں تجھے ہرگز نہ چھوڑوں گی
جب تک لومڑی سے ملاقات نہ ہوجائے۔
یہ بات مانی مرغا بولا چلیے آپ یوں ہی چلیے
میں کب کہتا ہوں یقین کرنے سے پہلے آپ مجھے
چھوڑ دیں میں کوئی جھوٹ تو بول نہیں رہا ہوں کہ

اپنے جی میں ڈروں اچھا جلدی چلیے۔ کٹ کٹ کٹاک۔ کٹ کٹ کٹاک۔

لومڑی سیدھی دریا کی طرف بھاگی اور دریا کے پُل پر کھڑے ہوکر نیچے کی طرف جھانکا تو واقعی دریا میں وہ بوڑھی لومڑی مُنھ میں مُرغا دبائے کھڑی تھی۔ لومڑی نے غور سے اُسے دیکھا ابھی وہ مُنھ سے کچھ کہنے نہ پائی تھی کہ مُرغا بولا' ارے تم نے مُنھ میں گھونگنیاں کیوں بھر رکھی ہیں کوئی بات کرو نا

بڑی بہن ہے۔ لو اب مُرغے ہی مرغے ملا کریں گے روزانہ کھانے کو قسمت جاگ گئی تمہاری۔

لومڑی نے ایک پاؤں اٹھاکر ماتھے پر رکھا

اور اس طرح اپنی بڑی بہن کو ادب سے سلام کیا وہ بھی بڑی چترا تھی اس نے بھی اسی طرح جواب دیا۔ لومڑی پھر چپ ہوگئی۔ مُرغا بولا، بوا چپ کیوں ہو منھ سے کچھ بولتی کیوں نہیں ہو ایسا نہ ہو بوڑھی لومڑی روٹھ کر چل دے اور تم ہاتھ ملتی رہ جاؤ بوا بڑے آدمیوں کے چونچلے تم کیا جانو ذرا میں خوش ذرا میں خفا دیکھو وہ ناراض ہو کر چل دی تو ڈھونڈتی ہی پھروگی۔

لومڑی لالچ میں اندھی ہوگئی اور جلدی سے بول اٹھی بہن سلام، مزاج تو اچھا ہے؟

باتیں کرنے میں لومڑی کا منھ کھل گیا مرغا اس کے منھ سے چھوٹ کر جلدی سے اڑا اور قریب کے پیڑ پر

جا بیٹھا۔ لومڑی بولی کٹرک مُرغی کے پوت یہ کیا؟
کچھ نہیں میں نے سوچا آپ مجھے منہ میں لے کر دریا میں نہ کود پڑیں ۔ اچھا اب سوچ کیا رہی ہو کود پڑو نا مالک کا نام لے کر جلدی سے وہ دیکھو بڑی بہن دیدے پھاڑے دیکھ رہی ہے۔
نا بھیّا مجھے تو ڈر لگتا ہے۔ کہیں دریا میں گِر کر ڈوب نہ جاؤں اور بوڑھی لومڑی نے بھی تو مُرغا چھوڑ دیا۔
چھوڑ نہ دیتی، وہ تمھاری طرح کوئی ایسی اوچھی نہیں ہے کہ ہر وقت منہ میں مرغا دبائے پھرے اللہ نے اس کے کھانے کو بہت سے مُرغے دیے ہیں اور ڈوبنے کی بھی ایک ہی کہی تم نے تمھاری بہن جو اچھی خاصی جیتی جاگتی کھڑی ہے دریا میں۔
تو کیا کود ہی پڑوں؟
ضرور دیر کا ہے کی کودو نا جلدی سے بس روز مرغے ہی مرغے ملیں گے کھانے کو۔

لومڑی مرغے کی باتوں میں آگئی تھی اور یہ نہ سمجھی کہ پانی میں اس کا عکس دکھائی دے رہا ہے اس نے جو چھلانگ ماری تو سیدھی پانی میں جاگری اور لگی ڈبکیاں کھانے مرغے نے لومڑی کو ڈوبتے دیکھا تو خوش ہوکر

پر پھٹ پھٹانے لگا اور زور سے چیخا ککڑوں کوں بس۔ خالہ جان ککڑوں کوں !! ککڑوں کوں، ککڑوں کوں !! ذرا مرغے کھانے کو مُنہ دھو لو۔ اپنا دریا میں یہ مُنہ اور مسور کی دال پھر خوب زور سے قہقہہ لگا کر بولا کٹ کٹ کٹاک، کٹ کٹ کٹاک !!

لومڑی ڈوب کر اُبھری تو آنکھیں جھپکا کر بولی ظالم مرغے! — لنڈورے !! — کڑک مرغی کے !!

خالہ جان لالچی ڈوبا ہی کرتے ہیں گھبرائیے نہیں مرغے نے کہا۔

خدا کے لیے مجھے بچاؤ! لومڑی چلائی۔

جنگل کے شیروں کو بلاؤ ایک لومڑی کو بچانا دس مرغوں کی جان لینے کے برابر ہے بوا تم تو اب ڈوب ہی جاؤ۔ کٹ کٹ کٹاک۔ کٹ کٹ کٹاک۔!!

دریا کی لہروں نے لومڑی کو بہا کر کہیں سے کہیں پہنچا دیا ذرا سی دیر میں وہ آنکھوں سے غائب ہوگئی مرغا پیڑ پر بیٹھا گھر پہنچنے کی تدبیریں سوچتا رہا دن بھر یوں ہی بیٹھا رہا آخر رات ہوگئی اور ایک چور پیڑ کے نیچے آکر رکا۔ مرغے کو دیکھ کر اس کے منھ میں پانی بھر آیا جلدی سے پیڑ پر چڑھا اور مرغے کی ٹانگ پکڑ کر اُسے گھسیٹ لیا۔ اندھیری رات تھی مرغا اُڑ نہ سکا اور اس نئی آفت میں پھنس گیا چور نے جیب سے چاقو نکال کر اُسے پتھر پر گھس کر تیز کیا۔ مرغا سمجھ گیا اب یہ میرا

گلا کاٹ کر مجھے کھا جائیگا آہستہ سے بولا یہ آپ کیا کر رہے ہیں دیکھیے کہیں آپ کا ہاتھ نہ کٹ جائے۔ چور بولا میں چاقو گھس رہا ہوں تجھے کاٹ کر لکڑیوں پر پکاؤں گا اور روٹی سے کھاؤں گا۔ مجھ سے ایسا کیا قصور ہوا سرکار جو آپ میری جان کے پیچھے ہاتھ دھو کر پڑے ہیں۔ مرغوں کو بے قصور ہی کھایا جاتا ہے۔ چور خفا ہو کر بولا زیادہ بک بک نہ کر۔ اگر آپ میری جان ہی کے دشمن ہیں تو میں کیا کر سکتا ہوں مگر اتنا بتائے دیتا ہوں کہ مجھے ابھی ایک شیر نے پکڑ لیا تھا اس کے دانتوں کا

زہر میرے گوشت میں سما گیا ہے ایسا نہ ہو مجھے کھا کر آپ بیمار ہو جائیں۔

چُپ بے چالاک مرغے میں تیری سب باتیں سمجھتا ہوں اپنی جان بچانے کو یہ ساری بکواس کر رہا ہے۔

جان بچانے کی مجھے پروا نہیں میں تو سچی بات کہہ رہا ہوں آپ نہیں مانتے تو نہ سہی کاٹ ڈالیے میرا گلا مگر یہ تو بتائیے آپ ہیں کون اور کہاں جا رہے ہیں؟

تو نہیں جانتا میں کون ہوں۔

بھلا مجھے کیا معلوم آپ کون ہیں؟

سن میں چور ہوں اور کسی شہر میں چوری کرنے کے ارادے سے نکلا ہوں ذرا پیٹ بھر لوں تو پھر چوری کی فکر میں شہر کی طرف چلوں!

اخاہ آپ چور ہیں! ـــــــــــ گکڑوں کوں!

کٹ کٹ کٹاک، کٹ کٹ کٹاک، پھر تو میرے بھائی بند ہیں آپ!

بھلا یہ کیونکر تو مرغا میں آدمی میری تیری

بھائی بندی کیسی ؟
آپ کو اتنا تو معلوم ہی نہیں اور چلے چوری کرنے کو۔

معلوم ہوتا ہے ابھی آپ بالکل ہی اناڑی ہیں۔
ہاں بھائی اس میں شک نہیں ہوں
تو اناڑی بس یہ دوسرا موقع ہے گھر سے نکلنے کا۔
جب ہی تو، جناب میرا مالک بھی بہت بڑا
چور تھا اللہ اسے بخشے اس نے بڑی محنت سے
مجھے پالا پوسا جب چوری کو جاتا مجھے جھولی میں
ڈال کر کندھے پر رکھ لیتا میں اُسے راستہ بھر
خطرہ سے خبردار کرتا جاتا اور شہر میں پہنچکر بیہ بتاتا
کہ یہاں امیر آدمی رہتے ہیں یہاں غریب لوگوں کے

گھر ہیں یہاں کے آدمی جاگ رہے ہیں یہاں کے سو رہے ہیں صبح قریب آتی تو میں آہستہ سے کگڑوں کوں کہدیتا میرا مالک جلدی سے مجھے جھولی میں ڈال کر چل دیتا اس طرح کوئی دس برس میرا اس کا ساتھ رہا آج شام کو وہ بھی چوری کرنے آیا تھا اسی پیڑ کے نیچے آکے ٹھیرا۔ بیٹھا روٹی کھا رہا تھا کہ پاس کے جنگل سے شیر نکلا اور اُسے اٹھا کر چمپت ہو گیا میں جھولی سے نکل کر یہاں آبیٹھا کہ کسی طرح اپنے مالک کی جان بچاؤں۔ مگر شیر آن کی آن میں آنکھوں سے اوجھل ہو گیا۔ نہ معلوم میرے مالک کو کہاں لے گیا' کٹ کٹ کٹاک ہا کٹ کٹ کٹاک! آپ مجھے پکا کر کھا ہی جایئے یہ غم مجھ سے نہ اٹھ سکیگا مُرغا یہ کہکر رونے لگا چور کو ترس آگیا وہ مرغے کو چھاتی سے لگا کر بولا پیارے مرغے رنج نہ کر خدا نے مجھے تیری مدد کے لیے بھیجدیا جس طرح تیرا مالک تیری دیکھ بھال کرتا تھا اسی طرح میں بھی کرونگا میں بھی

تجھے اپنی جھولی میں رکھے پھرا کرونگا۔ چور سمجھ گیا تھا مرغا بڑے کام کا ہے اس سے چوری کرنے میں بڑی مدد ملے گی۔

ہیں نہیں مرغا رو کر کہنے لگا آپ تو میرا گلا کاٹ ڈالئے ورنہ میں اپنے مالک کے غم میں گھل گھل کر مرجاؤنگا۔

پیارے مرغے اتنا غم نہ کرو آؤ اب یہاں سے چلیں کہیں ایسا نہ ہو شیر آجائے اور مجھے بھی لے بھاگے آؤ آرام سے میری جھولی میں آبیٹھو میں تمہیں کندھے پر ڈال کر شہر کی طرف چلتا ہوں۔

ہاں شیر تو یہاں ضرور آئیگا خیر چلیے میں جس طرح اپنے مالک کی خدمت کرتا تھا اسی طرح

آپ کی کیا کروں گا۔

چور نے مرغے کو جھولی میں ڈال کر کندھے پر رکھ لیا اور چل کھڑا ہوا۔

مرغا بولا پچھم کو نہیں راستہ میں کتے بہت ملینگے۔

چور ٹھٹک کر کھڑا ہو گیا پھر بولا پیارے مرغے اور کس طرف کو چلوں؟

پورب کو چلیے!

چو پورب کو چلنے لگا چلتے چلتے ایک شہر کے قریب پہنچا اوم مرغے سے کہا پیارے مرغے شہر آگیا - اب کیا صلاح ہے؟

صلاح کیا ہوتی لو اب ذرا دیر کو جھولی زمین پر رکھ کر ستا لو۔ابھی صبح ہونے میں بہت دیر ہے شہر کے لوگ جاگ رہے ہونگے یہاں ٹھہر کر کچھ کھا پی لو مجھے بھی تھوڑا سا دانیال چگا دو۔

چور ایک پیڑ کے نیچے اندھیرے میں بیٹھ گیا اور کمر سے روٹی کی پوٹلی کھول کر پہلے مرغے کو کھلائی پھر آپ کھائی جب کھا پی کر نچیت ہوا مرغے سے بولا اب چلنا چاہیے۔

ابھی نہیں مرغا بولا ذرا دیر کو کمر زمین سے ٹکا لو۔ وقت اچھا نہیں سنتے نہیں ہو لومڑی بول رہی ہے چور لیٹ گیا دیر تک کروٹیں بدلتا رہا آخر مُرغا آپ ہی بولا لو اب اللہ کا نام لے کر جھولی اُٹھاؤ۔

چور نے جھولی اُٹھائی اور ذرا دیر کے بعد شہر میں داخل ہو گیا۔ بازاروں میں اندھیرا تھا لوگ گھروں کے دروازے بند کیے سو رہے تھے۔ چور نے گلی کوچوں کا رُخ کیا۔ مرغے نے ٹوک کر کہا یہ ٹھیک نہیں چوروں کی طرح مت چلو بڑی بڑی سڑکوں پر سینہ تانے چلے چلو جو کوئی پوچھے کہہ دو میں ہوں بادشاہ کا ایلچی

بادشاہ کے لیے جنگلی مرغا لے کر جا رہا ہوں۔
کسی کو تمھیں روکنے کی ہمت نہ ہوگی۔ چور نے
ایسا ہی کیا وہ سیدھا سڑکوں پر چلنے لگا۔

راستہ میں دو تین سپاہیوں نے اس سے
پوچھا۔

کون ہے؟

چور نے جواب دیا میں ہوں بادشاہ سلامت
کا ایلچی بادشاہ کے لیے مُرغا لے کر جا رہا ہوں۔
اسی وقت مُرغے نے چور کی جھولی سے چیخنا شروع
کیا، کٹ کٹ کٹاک، کٹ کٹ کٹاک۔
سپاہی سمجھ گئے ضرور یہ ایلچی ہے اور چور سے
کچھ نہ کہا۔

چلتے چلتے مرغے نے کہا دیکھو کوتوال شہر کے گھر چلو اور اطمینان سے دیوار پر سیڑھی لگا کر گھر میں گھس جاؤ۔

کوتوال شہر کے گھر میں؟ چور نے چونک کر پوچھا۔ ہاں کوتوال کے گھر میں ڈرتے کیوں ہو کوتوال اپنے گھر کی حفاظت نہیں کرتا وہ تو شہر والوں کے گھروں کی دیکھ بھال کے لیے اس وقت گلی کوچوں میں مارا مارا پھرتا ہوگا تم بڑے اطمینان سے اس کے گھر میں گھس کر چوری کر سکتے ہو۔

چور کوتوال کے گھر پہنچا اور سیڑھی لگا کر اندر

چلا گیا۔ گھر کے سب لوگ سو رہے تھے۔ چور

بہت سارا روپیہ گٹھری میں باندھ کر چلنے کے لیے تیار ہوا اتنے میں مُرغا بولا ککڑوں کوں! اس کی آواز سُن کر گھر والوں کی آنکھ کھل گئی کوتوال بھی جاگ اُٹھا سب مل کر چور کو ڈھونڈنے لگے۔ چور اناج کی کوٹھی میں چھپ کر کھڑا ہو گیا اور مُرغے سے پوچھنے لگا

تم نے تو کہا تھا کوتوال شہر میں پھر رہا ہوگا وہ تو یہاں موجود ہے۔

مجھے کیا خبر تھی مُرغا بولا کوتوال اتنا کام چور ہو گا کہ گھر میں پڑا سو رہا ہو گا ورنہ کہیں اور ہی لے چلتا۔

پھر اب کوئی تدبیر یہاں سے بھاگنے کی بتاؤ۔

ذرا ٹھیرو صبح کا وقت ہو گیا میں پہلے اذان دے لوں پھر بات کر دں گا۔

پیارے مرغے ایسا نہ کرنا تمھاری آواز سنتے ہی کوتوال مجھے پکڑ لیگا۔

کچھ بھی ہو میں اذان ضرور دونگا۔

پیارے مرغے میں پکڑا جاؤں گا' دیکھو کوتوال ....

چولھے میں جاؤ تم اور کوتوال مرغے نے کہا اور چور کی جھولی سے گردن نکال کر چیخا ککڑوں کوں۔ ککڑوں کوں!

کوتوال مرغے کی آواز سُن کر دوڑا اور چور کو پکڑ کر باندھ لیا، مرغا بولا جیسی کرنی ویسی بھرنی۔

کسی اور غریب کے گھر چوری کرتے تو کوتوال تمہیں ڈھونڈتا پھرتا اس لیے میں یہیں لے آیا کہ آسانی سے تم پکڑے جاؤ اور کسی کا نقصان نہ ہو۔ چور مرغے کی یہ باتیں سن کر دانت پیسنے لگا مگر اب کیا کرسکتا تھا اب تو کوتوال نے اس کے ہاتھ پاؤں باندھ دیے تھے۔

کوتوال نے چور کو حوالات میں بند کردیا اور مرغے کی ایک ٹانگ رسی میں باندھ دی رات کو مرغا ٹاپے میں بند کردیا گیا جب کوتوال پلنگ پر لیٹا تو مرغے نے کہا جناب چور نے تو چوری

کی تھی اس لیے آپ نے اُسے حوالات میں بند کردیا میں نے کیا گناہ کیا تھا کہ مجھے ٹاپے میں

قید کیا گیا ہے میں نے تو چور کو گرفتار کرانے میں آپ کی بڑی مدد کی ہے۔

کوتوال حیران ہوکر اُٹھ بیٹھا اور بولا کیا تم بول بھی سکتے ہو؟

مُرغا بولا میں کیا نہیں کرسکتا میں تو بڑا عجیب مرغا ہوں بڑے سے بڑے چور کو گرفتار کرا سکتا ہوں بڑی سے بڑی چوری کا پتہ لگا سکتا ہوں۔ اور دُنیا کا ہر کام کرسکتا ہوں۔

اچھا یہ بات ہے پیارے مُرغے پھر تو میں تمھاری بڑی خاطر کروں گا اور تمھارے لیے ایک عمدہ سا چاندی کا پنجرا بنوا کر اس میں تمھیں بند کیا کروں گا۔

شکریہ۔ آپ کا ------ ککڑوں کوں!

پیارے مرغے میرا لڑکا بہت شریر ہے۔ دن بھر دنگا کرتا پھرتا ہے میں اس سے تمھاری دوستی کرائے دیتا ہوں۔ مہربانی کر کے اُسے ٹھیک کر دو۔

یہ کتنی بڑی بات ہے شریر لونڈوں کو تو میں دو دن میں درست کر دیتا ہوں آپ اپنے لڑکے سے میری دوستی کرا دیجئے میں بہت جلد اُسے ٹھیک کر دوں گا۔

کوتوال نے اپنے شریر لڑکے سے کہا ہم نے تمھارے لیے بہت اچھا مُرغا منگا یا ہے وہ بڑی دلچسپ باتیں کرتا ہے تمھارا دل بہلا یا کریگا تم اُسے دوست بنا لو۔

دوست بنا لوں مرغے کو؟ ابا جی آپ تو اُسے باورچی کے حوالے کیجئے تا کہ وہ ابھی اُسے کاٹ کر پکالے۔

نہیں بیٹا وہ بڑا اچھا مُرغا ہے تم ضرور اُسے اپنا دوست بنا لو۔

لڑکے نے باپ کا کہنا مان لیا اب مرغا اور لڑکا دونوں ہر وقت ساتھ ہی رہتے ساتھ ہی سوتے ساتھ ہی کھاتے پیتے۔

ایک دن لڑکا بولا پیارے دوست میری

سوتیلی ماں مجھے بہت ستاتی ہے کوئی ایسی ترکیب بتاؤ کہ وہ مجھ سے ڈرنے لگے اور مجھے مارنا چھوڑ دے۔

مُرغا بولا آپ مجھے کیا انعام دینگے اس کا؟

جو تم مانگوگے لڑکے نے کہا وہی دونگا۔

میں تمھاری سوتیلی ماں کو ایسا ڈراؤں گا کہ اس کی عقل ٹھکانے آ جائیگی لیکن اس کے بدلے میں آپ کو میرے گاؤں چل کر مجھے میری مالک بڑھیا کے حوالے کرنا ہوگا۔

میں وعدہ کرتا ہوں کہ تم نے میرا کام کردیا تو میں ضرور تمھیں بڑھیا کے پاس پہنچا دونگا۔

اچھا رات کو میرا پنجرا اپنی ماں کے سرہانے رکھ دینا، لڑکے نے ایسا ہی کیا۔

رات کو سب اپنے اپنے پلنگوں پر پڑ کر سو گئے۔ کوتوال شہر کے گشت کو چلا گیا مُرغے نے ایک دم سے کٹ کٹ کٹاک اُکٹ کٹ کٹاک کا شور مچانا شروع کر دیا۔ گھر کے سب آدمی جاگ گئے لڑکے کی ماں بھی اُٹھ بیٹھی۔

اس نے مُرغے سے پوچھا کیا بلّی تھی ؟

وہ بولا آپ بلّی ہی کو لیے پھر رہی ہیں۔ بلّی وِلّی نہیں تھی موت کا فرشتہ تھا۔ آپ کی جان لینے آیا تھا۔

موت کا فرشتہ ؟ ماں نے ڈر کر پوچھا۔

جی ہاں سرکار موت کا فرشتہ جب ہی تو میں نے غل مچا کر سب کو جگا دیا ذرا دیر آپ اور

سوئی رہتیں تو اس نے آپ کا گلا ہی دبا دیا تھا۔ بس پھر کیا تھا۔ سب روتے پیٹتے رہ جاتے اور آپ سیدھی جنّت کو سدھار جاتیں کٹ کٹ کٹاک ،کٹ کٹ کٹاک ! مُرغا رونے لگا۔

پیارے مرغے مجھ سے ایسا کیا قصور ہوا کہ اچھے بھلے میں موت کا فرشتہ میری جان نکالنے آگیا میں بیمار بھی نہیں ہوں اچھی خاصی ہٹی کٹی سوئی تھی۔

سرکار مرنے کے لیے بیمار ہونے کی کیا ضرورت ہے ہزاروں مرغے بغیر بیمار ہوئے جنّت کو سدھار گئے۔ اچھا اب تو آپ سو جائیے مَیں ایک ٹانگ پر کھڑا ہو کر وظیفہ پڑھتا ہوں اور اور اللہ میاں سے پوچھ کر صبح کو بتاؤں گا موت کا فرشتہ کیوں آپ کی جان نکالنے آیا تھا؟

پیارے مرغے کیا تم اللہ میاں سے بھی باتیں کر لیتے ہو؟

کیا ہوا میں تو روز رات کو اللہ میاں سے

ملتا ہوں۔ ذرا میں نے ایک ٹانگ پر کھڑے ہوکر وظیفہ پڑھا اور فرشتوں نے مجھے گود میں اٹھا کر آسمان پر جا بٹھایا۔ اللہ میاں کے سامنے۔

اچھا تو پیارے مرغے تم ضرور اللہ میاں سے پوچھنا کہ موت کا فرشتہ کیوں میری جان نکالنے آیا تھا۔

ضرور پوچھونگا سرکار مگر ذرا اپنے باورچی کو ڈانٹ دیجیے وہ روز مجھے چاقو دکھایا کرتا ہے۔

اچھا یہ بات ہے تو میں کل ہی اُسے اپنے گھر سے نکال دوں گی۔

اس کی جگہ دوسرا باورچی آئیگا وہ یہی کام کریگا بات یہ ہے سرکار کہ باورچیوں کی قوم ہی مرغیوں سے عداوت رکھتی ہے اُنھوں نے ہزاروں مرغے کاٹ کاٹ کر لوگوں کو کھلا دیے

تم اطمینان رکھو اب میں بہت رحم دل باورچی رکھوں گی۔

اللہ آپ کو جیتا رکھے اور موت کا فرشتہ کبھی

آپ کے یہاں نہ آئے۔
صبح ہوتے ہی لڑکے کی سوتیلی ماں گھبرائی ہوئی مرغے کے پاس آئی اور بولی پیارے مرغے کہو کیا باتیں ہوئیں اللہ میاں سے؟

ککڑوں کوں! لکڑوں کوں!! کٹ کٹ کٹاک! کٹ کٹ کٹاک!! آپ نے مجھے جگایا کیوں میں تو پھر اللہ میاں سے آپ کی سفارش کرنے جارہا تھا۔ آپ کے جلانے کو دوزخ میں آگ دہکائی جارہی ہے۔
میرے جلانے کو پیارے مرغے سچ بتاؤ مجھ سے ایسا کیا قصور ہوا؟
میں نے اللہ میاں سے پوچھا تھا انھوں نے

کہا یہ عورت بڑی بے رحم ہے اس کے سوتیلے لڑکے کی سگی ماں نے ہمارے یہاں فریاد کی ہے کہ اس کی سوت اس کے لڑکے کو بہت ستاتی ہے اور یہ بات جھوٹ نہیں ہے۔ اس لیے میں نے موت کے فرشتے کو حکم دیدیا ہے کہ وہ اس کی جان نکال لائے اور دوزخ میں خوب انگارے دہکا کر اسے جھونک دے عورت زور زور سے ماتھے پر ہاتھ مار کر رونے چلانے لگی۔ کوتوال بھی آگیا۔ اس نے سب قصہ سن کر کہا میرے لڑکے کو مارنا چھوڑدو اور اللہ میاں سے اپنا قصور معاف کراؤ۔ عورت نے اسی وقت قسم کھائی کہ اب میں کبھی اپنے سوتیلے لڑکے کو نہ ستاؤنگی ہمیشہ اس سے محبت کرونگی۔ پیارے مرغے کل تم رات کو اللہ میاں سے سفارش کرکے میری خطا معاف کرادو۔ مرغے نے اگلے دن عورت کی خطا معاف کرادی۔

اب گھر میں مرغے کی بڑی خاطر ہونے لگی کوتوال اس کا بہت خیال رکھتا اس کی بیوی بھی

کافی دیکھ بھال کرتی اور لڑکا تو پہلے ہی سے مرغے کا دوست تھا جس وقت مرغا ایک ٹانگ پر کھڑا ہو کر وظیفہ پڑھنے لگتا سب ڈر جاتے کہ اب وہ اللہ میاں کے پاس جانے والا ہے۔

مرغے نے لڑکے پر بڑا احسان کیا تھا وہ سوچ رہا تھا کہ اُسے گاؤں میں پہنچانے کی کیا تدبیر کرے ایک دن اس نے مرغے ہی سے پوچھا" دوست آپ نے میری زندگی سدھار دی اب میری سوتیلی ماں مجھ سے بہت ڈرتی ہے مجھے ہاتھ تک نہیں لگاتی بتائیے کہ میں آپ کو کیونکر گاؤں چھوڑ کر آؤں۔ میری سوتیلی ماں کو معلوم ہوگیا کہ میں آپ کو گاؤں چھوڑ آیا ہوں تو وہ پھر مجھ سے خفا ہو جائیگی مہربانی کر کے بتائیے کہ آپ کو گاؤں پہنچانے کی کیا ترکیب کرنی چاہیے۔

پیارے لڑکے مُرغا بولا یہ کام زیادہ مشکل نہیں ہے تم اپنے باورچی کو ایک مُرغا لادو اور اس سے کہو کہ رات کو وہ اُسے کاٹ کر پکائے کوئی پوچھے تو

کہہ دے کہ مرغے کو بلی نے پکڑ لیا تھا بچنے کی امید نہ تھی میں نے جلدی سے گلے پر چاقو پھیر دیا تمہارے ماں باپ جب اُسے کھا کر پڑ رہیں تو سب کی آنکھ بچا کر رات کے وقت تم مجھے ایک صندوق میں بند کرکے

اپنی سوتیلی ماں کے سرہانے رکھ دینا پھر میں سب کچھ بھگت لوں گا۔ لڑکے نے ایسا ہی کیا اور ایک مرغا زخمی کرکے باورچی کو دے دیا اور کہہ دیا کہ اِسے بلی نے جھنجوڑ ڈالا جلدی سے کاٹ لو نہیں تو مرجائیگا لڑکے نے جیسا کہا تھا باورچی نے ویسا ہی کیا کوتوال کی بیوی مُرغ کھا کر سو رہی رات کو مرغے نے پھر وہی کٹ کٹ کٹاک ، کٹ کٹ کٹاک کا شور مچایا کوتوال کی بیوی گھبرا کر جاگ پڑی اور پوُچھا

پیارے مرغے کہو کیا بات ہے تم کہاں ہو کہاں سے بول رہے ہو؟

بیوی مُرغا بولا مُنہ ڈھانک کر بات کرو کہیں ایسا نہ ہو کوئی بہری اور تمہاری باتیں سُن لے دیکھو خوب کان لگا کر سنو میں تمہارے پیٹ سے بول رہا ہوں رات کو باورچی نے بے قصور مجھے کاٹ کر تمہیں

کھلا دیا ہے نا۔ یہ ظالم ذرا صبر کرتا تو میں اچھا ہو جاتا مگر باورچیوں کا چاقو مرغوں کے حق میں بہت تیز ہوتا ہے۔

ہاں تو سنیے اس وقت میں تمہارے پیٹ میں ہوں بڑی عجیب جگہ ہے۔ ہر طرف کھانے ہی کھانے بھرے ہوئے ہیں، کہیں چاول ہیں کہیں گوشت ہے

کہیں میووں کے ڈھیر ہیں غرض دنیا بھر کی چیزیں تمہارے پیٹ میں بھری ہوئی ہیں مگر بوا تم مرچیں بہت کھائی ہو۔ اللہ کی قسم جب سے یہاں آیا ہوں آنکھوں سے گھڑوں پانی بہ گیا اور بوا پانی پینے میں بھی تم کچھ تھوڑی نہیں ہو دیکھو میرے سارے پر بھیگ گئے اب بھی میں گھٹنوں گھٹنوں پانی میں کھڑا ہوں ــــ بوا تمھارا پیٹ کیا ہے بے ایمان کی قبر ہے ہر طرف اندھیرا ہی اندھیرا ہے۔ ویسے ہی میری آنکھوں میں مرچیں بھری ہوئی ہیں پھر یہ اندھیرا۔ تمہارے سر کی قسم کچھ سوجھتا ہی نہیں۔ اور سنو بوا تمہارے میاں کی کمائی کچھ اچھی نہیں ہے تمھارے پیٹ میں فرشتے آتے ہوئے ڈرتے ہیں دور ہی سے مجھے کھانا دے کر چلے جاتے ہیں تمھارے میاں غریبوں کو لوٹ کر ان کی کمائی کھاتے ہیں اب تم ان سے کہو غریبوں کو نہ ستائیں ان سے رشوت لینا چھوڑ دیں، ایک بات اور کہتا ہوں بوا کھانا ذرا چبا چبا کر کھایا کرو تمھارا پیٹ اللہ جھوٹ نہ بلائے

کوئی سیر بھر لقمے لیے بیٹھا ہے مجھ سے کہہ رہا ہے
میاں مرغے ذرا ٹھونگیں مار مار کر انھیں باریک
کردو مجھ سے تو ہضم ہوتے نہیں یہ بھلا مجھے اتنی
فرصت کہاں ہے فرشتے میری سواری کو جنت سے
سونے کی ایک بگی لے آئے ہیں میں تو اب جنت
میں جا رہا ہوں، کہو بوا جنت میں تمھارے ماں
باپ مل جائیں تو ان سے خیر سلّا کہہ دوں تمھاری
اور کہو تو تمھارے لیے بھی کوئی اچھی سی جگہ ڈھونڈ
رکھوں۔ مگر ایک بات کا خیال رکھنا کل اپنے
سوتیلے لڑکے کو گاؤں جانے کی اجازت دیدینا
تاکہ میری مالک بڑھیا سے جاکر خبر کردے کہ
باورچی نے مجھے کاٹ کر جنت میں بھیج دیا ہے
اب میرا راستہ نہ دیکھیے۔ ایک کام اور کرنا
بوا تمھارے باورچی نے بے قصور میری جان لی
ہے اس کی سزا اُسے ضرور ملنی چاہیے روزانہ
نہار منھ اُسے پانچ کوڑوں کا ناشتہ کرادیا کیجیے
تاکہ آیندہ وہ کسی مرغے کے ساتھ ایسا ظلم نہ کرے

اچھا ہوا اپنے وفادار مرغے کا سلام لو، اب وہ جنت کو سدھار رہا ہے۔ کٹ کٹ کٹاک کٹ کٹ کٹاک !! ککڑوں کوں۔

کوتوال کی بیوی نے صبح اٹھتے ہی پہلے اپنے باورچی کے پانچ کوڑے لگوائے۔ پھر لڑکے کو بلاکر

کہا۔ بیٹا ابھی گاؤں چلے جاؤ اور بڑھیا سے کہہ آؤ کہ تمھارا لاڈلا مرغا جنت کو سدھار گیا اسے ہمارے باورچی نے کاٹ لیا اب وہ جنت میں ہے۔ آپ اس کے آنے کا انتظار نہ کریں۔

لڑکے نے مرغے کو چھپاکر بغل میں دبالیا اور اسی وقت گاؤں کی طرف چل دیا جس گاؤں میں بڑھیا رہتی تھی وہ شہر سے بہت دور تھا چلتے چلتے

لڑکا تھک گیا اور مرغے کو زمین پر بٹھا کر ایک پیڑ کے نیچے لیٹ گیا۔ مُرغا بولا دیکھو جنگل میں مجھے اکیلا چھوڑ کر تم سو نہ جانا یہاں میرے دشمن بہت ہیں کتّا، بلّی، گیدڑ، لومڑی، شیر، بھیڑیا، سب میرے خون کے پیاسے ہیں۔ کہیں ایسا نہ ہو تمھاری آنکھ لگ جائے اور مجھے کوئی جانور منھ میں داب کر چل دے لڑکے نے کہا پیارے مُرغے تم اطمینان رکھو میں جاگتا رہوں گا جب تک میں زندہ ہوں تمھارا بال بیکا نہیں ہو سکتا۔ ذرا دیر کے بعد لڑکے کے مُنھ سے خراٹوں کی آوازیں نکلنے لگیں وہ بے خبر ہو کر سو گیا۔ مُرغے نے کئی مرتبہ زور زور سے کہا ککڑوں کوں ا ککڑوں کوں !!

بے وقوف لڑکے سو یا کیوں !!

مگر لڑکے کی آنکھ نہ کھلی اب مُرغا بہت ڈرا وہ ایک تھیلی میں بند تھا اُڑ بھی نہ سکتا تھا وہ ڈر کے مارے چیخنے لگا۔ کٹ کٹ کٹاک۔ کٹ کٹ کٹاک۔ قریب ہی ایک گیدڑ رہتا تھا

اس نے جنگل بیابان میں مرغے کی آواز سُنی تو بہت خوش ہوا اور دبے پاؤں پیڑ کے نیچے آیا لڑکا ابھی تک سو رہا تھا تھیلی سے برابر کٹ کٹاک کی آوازیں نکل رہی تھیں۔ گیدڑ سمجھ گیا مرغا تھیلی میں بند ہے چپکے سے تھیلی منھ میں داب یہ جا وہ جا مرغے نے بہت شور

مچایا کٹ کٹاک، کٹ کٹ کٹاک، مگر کوئی بھی اس کی مدد کو نہ آیا۔ گیدڑ نے ایک جھاڑی کے پاس پہنچ کر تھیلی رکھ دی اور کپڑے کو دانتوں سے پھاڑ کر مرغے کو نکال لیا مرغا گیدڑ کی صورت دیکھتے ہی کانپنے لگا موت اس کی آنکھوں میں پھرنے لگی۔ کٹ کٹ کٹاک، کٹ کٹ کٹاک کی رٹ لگاتے لگاتے وہ ہانپنے لگا اس کی چونچ

کھلی کی کھلی رہ گئی بڑی مشکل سے بولا کیا حضور کو بھوک لگی ہے ؟

ابے بھوک نہ ہو جب بھی تیرا کھا لینا مزے سے خالی نہیں !

کیا حضور مجھے کھائیں گے ؟

اور کیا میں آپ کو پالنے یہاں لایا ہوں ؟

اُفوہ بڑا غضب ہو گیا ۔

کیا ؟ گیدڑ نے پوچھا ۔

میرا مالک شکاری ہے اگر اسے معلوم ہو گیا کہ آپ نے مجھے کھایا ہے تو وہ آپ کو ضرور بندوق سے مار ڈالے گا ۔

چپ بے لنڈورے مُرغے !

حضور میں بالکل سچ کہہ رہا ہوں اور پھر میں بیمار بھی تو ہوں آپ بھی مجھے کھا بیمار ہو جائیں گے ——
اور آپ اللہ میاں کو بھی جانتے ہیں؟
ہاں نام تو سنا تھا ان کا کبھی بچپن میں!
میں انھیں کا پالتو مرغا ہوں!
پھر تو ضرور انھوں نے میرے ہی لیے تجھے بھیجا ہے۔
ذرا ٹھیریئے تو حضور آپ یہاں کے بادشاہ کو بھی جانتے ہیں؟
تو بہت چالاک معلوم ہوتا ہے میں کبھی تیری باتوں میں نہ آؤنگا۔ یہ کہہ کر گیدڑ نے مرغے کی چھاتی پر ایک پنجہ مارا بہت سے پر اکھڑ گئے مرغے کی آنکھوں کے سامنے اندھیرا آ گیا ایسا معلوم ہوا کسی نے چھاتی کو چاقو سے چھیل ڈالا وہ گھبرا کر چلایا کڑ، کڑ، کڑ، کڑڑڑڑ!
رہ نا پے میں! —— گیدڑ نے دوسرا پنجہ مارا اب مرغا اور زور سے چیخا کڑ، کڑ، کڑ، کڑڑڑڑ!
اتفاق سے ایک سوار اسی وقت اُدھر آ نکلا۔

اس نے جو دیکھا کہ گیدڑ مرغے کو کھا رہا ہے تو گھوڑے کو ایڑ لگائی اور للکار کر بولا ہش !

گیدڑ نے چاہا مرغے کو لے کر بھاگ جائے مگر سوار بجلی کی طرح گھوڑے کو سرپٹ دوڑا کر اس کے سر پر آپہنچا گیدڑ مرغے کو وہیں چھوڑ کر ہونٹ چاٹتا ہوا بھاگ گیا سوار نے گھوڑے سے اتر کر مرغے کو اٹھا لیا۔ مرغا زخمی ہو کر بے ہوش ہو گیا تھا۔

سوار گھوڑا بھگا کر اپنے گھر پہنچا اور ہلدی چونہ پیس کر مرغے کے زخموں پر لگایا تھوڑی دیر کے بعد مرغا ہوش میں آگیا سوار کو دیکھ کر بولا معلوم ہوتا ہے آپ نے مجھے گیدڑ کے منہ سے چھینا ہے۔

ہاں تم ٹھیک کہتے ہو بتاؤ اب کیا حال ہے ؟

کیا حال بتاؤں اب ہم جی نہیں سکتا زخموں
میں مرچیں سی لگ رہی ہیں!
کیا تم مرجاؤ گے؟ سوار نے پوچھا
جی ہاں بس تھوڑی ہی دیر کا مہمان ہوں۔
ارے پھر تو میں تمھیں ذبح کیے لیتا ہوں
کہیں ایسا نہ ہو تم مرجاؤ اور میں ہاتھ ملتا رہ جاؤں
ذرا لانا میرا چاقو!
چاقو ——— چاقو ——— تو تو تو! ذرا ٹھیریے!
آپ کیوں چاقو مانگ رہے ہیں۔
تمھیں ذبح کروں گا تم مر رہے ہو نا؟
حضور اب میں نہ مروں گا کبھی نہ مروں گا خدا
کے لیے مجھے نہ کاٹیے دیکھیے آپ نے میری جان
بچائی ہے۔
جان تو بچائی ہے لیکن اگر تم مرگئے؟
بالکل نہ مروں گا میں ہمیشہ زندہ رہوں گا۔
چالاک مرغے ابھی تو کہہ رہا تھا کہ میں کوئی دم
کا مہمان ہوں اب چاقو کا نام سُن کر کہتا ہے۔

ہمیشہ زندہ رہوں گا۔ معلوم ہوتا ہے تو بہت چالاک اور جھوٹا ہے۔

جھوٹ تو میں کبھی نہیں بولا۔ اچھا مجھے معاف کر دیجئے میں آپ کے بہت کام آؤں گا۔

کیا کام آئیگا تو میرے ؟

حضور میں بہت اچھی نسل کا مُرغا ہوں اور میرا باپ لڑنے میں بہت مشہور تھا'

اچھا یہ بات ہے سوار بولا پھر تو میں کبھی تجھے ذبح نہ کروں گا۔ ہمارے ملک کے بادشاہ نے ایک اصیل مُرغا پال رکھا ہے اس نے سارے مرغوں کو پچھاڑ دیا ہے اب بادشاہ نے منادی کرائی ہے کہ جس شخص کا مُرغا میرے اصیل مرغے کو بھگا دیگا اُسے اپنی گدی پر بٹھا دوں گا لیکن اگر اس کا مرغا ہار گیا تو اُسے پھانسی پر لٹکا دیا جائیگا اگر واقعی تم بادشاہ کے اصیل مُرغے کو پچھاڑ دو تو میں تمھاری خدمت کر کے تمھیں خوب موٹا تازہ کردوں اور بادشاہ کے یہاں عرضی بھیجدوں کہ میرا مُرغا

آپ کے اصیل مرغے کو ہرا دے گا بولو

پیارے مرغے کیا کہتے ہو؟

ضرور عرضی بھیجدو میں بادشاہ کے اصیل مرغے کو ایک ہی پانی میں ہرا کر چھوڑونگا میں نے سیکڑوں اصیل مرغوں سے بازی جیتی ہے۔

دیکھو ایسا نہ ہو مجھے پھانسی ہو جائے۔

کبھی نہیں آپ اس ملک کے بادشاہ ہوں گے بادشاہ!

اگر میں بادشاہ ہو گیا تو تمھیں اپنا وزیر بناونگا

خیر دیکھا جائیگا اس وقت تو آپ یہ چاقو بند کر کے رکھیئے میری جان نکلی جا رہی ہے اس کی دھار کو دیکھ کر۔ ذرا دیکھیے تو کیسی چمک رہی ہے۔

سوار نے چاقو بند کر کے جیب میں رکھ لیا اور مرغے کی مرہم پٹی کر کے اُسے ایک ہوادار ٹاپے میں بند کر دیا پھر خوب گھی ڈال کر سوجی کا حلوہ بنایا

اس میں بادام اور پستے پیس کر ملائے اور ایک سونے کی رکابی میں بھر کر مرغے کے سامنے رکھا مرغا حلوے میں ایک چونچ مار کر بولا میٹھا ذرا کم ہے اس میں!
اور بادام کا تو ایک دانہ بھی نہیں!
پستہ کی ہوا بھی نہیں لگی! بھلا اسی حلوے کے بل پر آپ مجھے بادشاہ کے اصیل مرغے سے لڑا کر بازی جیتنا چاہتے ہیں، معلوم ہے آپ کو بادشاہ کا مُرغا کیا کھاتا ہے؟
کیا کھاتا ہے پیارے مرغے؟

وہ کھاتا ہے موتی' ـــــــ ہیرے ـــــــ لعل ! اے اللہ تمھارا بھلا کرے، سونے چاندی کے ورق !!

گھبراؤ مت پیارے مرغے میں تمھیں اس سے اچھی چیزیں کھلاؤں گا خدا کرے تم بادشاہ کے مرغے کو ہرا دو !

ہرا تو جب دوں کہ آپ میرے کھانے پینے کی خبر لیں روکھی سوکھی روٹیوں پر تو میرا جینا ہی مشکل ہے !

اچھا اب میں تمھیں بہت اچھی چیزیں کھلایا کرونگا۔

سوار نے مرغے کے لیے بازار سے بڑی عمدہ عمدہ چیزیں لاکر رکھدیں ہر وقت اس کے سامنے بادام' پستے' اخروٹ اور چھوارے پڑے رہتے تھوڑے ہی دنوں میں مرغا بہت تیار ہو گیا۔ ایک دن سپاہی بولا پیارے مرغے پرسوں تمھاری لڑائی ہے۔ ذرا ہوشیار ہو جاؤ!

ککڑوں کوں! ۔۔۔ ہوشیار ہونے کی کیا بات ہے ہم نے عمر بھر یہی کام کیا ہے پہلی ہی لات میں بادشاہ کے مرغے کو اوندھا نہ کر دیا ہو تو رستم نام نہیں!

کشتی کے دن سوار نے مرغے کے منہ پر چمڑے کا خوبصورت خول چڑھایا اور اُسے بغل میں دبا کر بادشاہ کے محل کی ڈیوڑھی پر پہنچ گیا، بڑا ہجوم تھا۔ بہت سے

آدمی بیٹھے ہوئے تھے سونے کے ایک تخت پر بادشاہ کے اصیل مرغے کا پنجرا رکھا ہوا تھا اس کی چونچ پر چاندی کا خول چڑھا ہوا تھا پنجرے پر مخمل کا غلاف تھا ایک پہلوان نے راجہ کے حکم سے اصیل مرغے کو پنجرے سے نکال کر بغل میں دبا لیا۔ اور چمکار کر بولا ہوشیار ہو جا

دشمن آ گیا۔

مرغے نے کڑ، کڑ، کڑ کی دو تین آوازوں کے بعد گردن کے بال پھلانے شروع کیے، بادشاہ نے سوار سے کہا اچھی طرح سوچ لو تمہارا مرغا ہار گیا تو فوراً تمہیں پھانسی پر لٹکا دیا جائیگا۔

سوار بولا اور جو میرا مرغا جیت گیا سرکار؟

جیت گیا تو تمہیں گدّی پر بٹھا دوں گا، تخت یا تختہ!

مجھے منظور ہے لڑائی کی اجازت دیجئے۔

دونوں مرغوں کو میدان میں چھوڑا گیا بادشاہ کے اصیل مرغے کی لال لال آنکھیں دیکھتے ہی چالاک مرغے

کی جان نکل گئی۔ اس نے پَر پھٹ پھٹا کر کہا

کٹ کٹ کٹاک، کٹ کٹ کٹاک! اصیل مرغے نے یہ سنتے ہی دوڑ کر ایک لات ماری چالاک مرغے کو دن میں تارے دکھائی دینے لگے وہ دم دبا کر ایک طرف کو بھاگا اصیل مرغے نے بھاگتے بھاگتے دو تین لاتیں اور ماریں ہر طرف غل مچگیا بادشاہ کا مرغا جیت گیا سوار کو پکڑ کر فوراً پھانسی پر لٹکا دیا گیا۔

اور چالاک مرغے کو شہر کے ایک غریب بھنگی کے سپرد کر کے بادشاہ نے کہا اس ذلیل مرغے کو اپنے گھر لے جا کر کوڑی پر چھوڑ دو اور کھانے کو ایک دانہ بھی نہ دو ڈرپوک ذلیل مرغا آیا وہاں سے میرے اصیل مرغے سے لڑنے!

بھنگی نے مرغے کو گھر لے جا کر کوڑی پر چھوڑ
دیا۔ دن بھر وہ کوڑی پر پھرتا رات کو ایک ڈربے
میں اور مرغوں کے ساتھ بھنگی اُسے بند کر دیتا
رات بھر مُرغے اس کی کھوپری میں ٹھونگیں مارتے
تھوڑے ہی دنوں میں چالاک مرغا سوکھ کر کانٹا
ہوگیا مار کھاتے کھاتے اُس کی کھوپڑی گنجی ہوگئی
دن بھر وہ کوڑی پر کھڑا اونگتا رہتا۔ ایک دن

بھنگی مُرغے کو ڈربے میں بند کر کے سو رہا رات
کو اس کے گھر چور آئے۔ ایک چور نے ڈربا کھول کر
چالاک مُرغے کو نکال لیا اور بغل میں داب کر
بھاگ گیا گھر پہنچ کر چور نے اپنی بیوی سے کہا

بہت دنوں کے بعد اللہ نے یہ مرغا دیا ہے بوڑھا تو بہت ہے دبلا اور گنجا بھی ہے پر بھوک تم جانتی ہو گولر بھی پکوان معلوم ہوا کرتے ہیں یہ تو پھر مرغا ہے۔ جلدی سے کاٹ کر اسے پکالو چور کی بیوی پتھر پر چاقو گھسنے لگی۔ مرغا سمجھ گیا آج کسی طرح نہیں بچ سکتے۔ آخر بکرے کی ماں کب تک خیر منائیگی آج تو یہ گلا کاٹ کر ہی دم لیگی ہمت کر کے مرغا بولا بوا کب سے بھوکی ہو؟

چور کی بیوی چاروں طرف دیکھ کر بولی ارے کیا تم بول رہے ہو گنجے مرغے؟

ہاں بیوی میں ہی بول رہا ہوں۔ بتاؤ کب سے

بھوکی ہو ؟

کیا بتاؤں میں تو جب سے اس گھر میں آئی ہوں کبھی پیٹ بھر کر روٹی نصیب نہیں ہوئی۔ آگ لگے اس منڈیا میں !

کیوں ؟

میرا میاں چور ہے نا چوروں کو اللہ میاں روٹی ہی کب دیتا ہے یہ تو قید خانے کے لیے بنے ہیں۔ ہر دوسرے تیسرے مہینے قید خانے کی ہوا کھا آتے ہیں۔

تم ان سے چوری چھڑا کیوں نہیں دیتی ہو یہ تو بہت بُرا دھندا ہے۔

وہ چھوڑتے ہی کب ہیں !

نہیں چھوڑتے تو تم انھیں چھوڑ کر بھاگ جاؤ۔

کہاں بھاگ جاؤں بھتیا یہ تو ہر جگہ پہنچ جاتا ہے ہر جگہ پہنچنے کی بھی ایک ہی کہی میں تمھیں ایسی جگہ لے چلونگا جہاں چور کے فرشتے بھی نہ پہنچ سکیں۔

بھلا کہاں؟ اس جگہ کا نام تو بتاؤ

ایک گاؤں ہے وہاں ایک بڑھیا رہتی ہے۔ بہت نیک اور بہت رحم دل، اسی نے مجھے پالا ہے اس کے پاس بہت سی اشرفیاں ہیں وہ بہت امیر ہے چور اس سے بہت ڈرتے ہیں۔ میں وہیں تمھیں لے چلوں گا تمھارا میاں اس کے دروازے پر پھٹک بھی نہیں سکتا۔

پھر رات کو چلوں میں تمھارے ساتھ؟

ضرور چلو، مگر رات تک میں زندہ کیونکر رہونگا تمھارا میاں تو ابھی آکر کھانے کو مانگیگا۔

میں دوسرا مرغا لیے آتی ہوں اُسے کاٹ کر پکا لونگی تمھیں صندوق میں بند کیے دیتی ہوں۔

مُرغا خوش ہوکر بولا تم بڑی سمجھدار عورت ہو بس یہی کرو۔

تھوڑی دیر کے بعد چور آیا اس کی بیوی نے پکا ہوا مُرغا اس کے سامنے رکھدیا وہ کھا پی کر بولا یہ تو بڑا مزیدار ہے دیکھنے میں تو دُبلا پتلا معلوم

ہو رہا تھا

چالاک مرغے ایسے ہی ہوتے ہیں دبلے بن جاتے ہیں کہ لوگ انھیں دیکھ کر گھن کھائیں اور کاٹنے کو جی نہ چاہے۔

پھر میں روز ایسا ہی مرغا لایا کرونگا۔

ہاں لے آیا کرنا۔

بہت مدت گئے جب چور گھر سے چلا گیا عورت نے مُرغے کو صندوق سے نکال کر کہا چلو پیارے مُرغے اپنا وعدہ پورا کرو۔ مجھے اپنے گاؤں لے چلو۔

چور کی بیوی مرغے کو ایک کپڑے میں لپیٹ کر گھر سے نکلی اور جلدی جلدی چلنے لگی بہت دُور چلنے کے بعد

ایک جھاڑی سے آواز آئی کون ہے ؟

ارے یہ کون جا رہا ہے ؟

ٹھیر جاؤ یہیں !

عورت سہم کر کھڑی ہو گئی مرغے نے بہت

کہا بھاگو چور معلوم ہوتا ہے وہ بولی ہاں چور ہی تو ہے

میرا میاں ہی معلوم ہوتا ہے ۔

یہ تو بڑا غضب ہوا، مرغے نے کہا

اتنے میں چور قریب آکر بیوی سے بولا تو یہاں کہاں؟

اس مرغے کو گاؤں لیے جارہی تھی۔

کون سے مُرغے کو؟

اسی مُرغے کو جسے تم رات کو لائے تھے۔

اسے تو ہم کھا چکے!

نہیں اس کی جگہ میں نے دوسرا مُرغا پکا لیا تھا اُسے صندوق میں بند کرلیا تھا۔

چور نے خفا ہو کر اپنی بیوی کے دو تین چپت مارے پھر مرغے کی ٹانگ پکڑ کر بولا تو بڑا چالاک معلوم ہوتا ہے۔ تو نے میری بیوی کو دھوکہ دیکر اپنی جان بچائی اور اب بھگا کر اپنے گاؤں لیے جا رہا ہے۔

نہیں جناب میں تو بہت بوڑھا اور گنجا مرغا ہوں۔ چالاک یا دھوکہ باز نہیں ہوں آپ خفا نہ ہوں۔ مَیں آپ کے بہت کام آؤنگا۔

کیا کام آئیگا تو ؟

آپ کو چوری کرنے کے گُر سکھاونگا۔ اگر آپ مجھے ساتھ رکھیں گے تو کبھی گرفتار نہیں ہو سکتے میں آپ کو یہ بتاونگا کہ اب کتنی رات باقی ہے اور صبح کب ہوگی۔ چوری کرنے آپ کسی مکان میں جائیں گے تو یہ بتاؤنگا کہ یہاں کے آدمی سو رہے ہیں یا جاگ رہے ہیں۔

اچھا یہ بات ہے بدمعاش مرغے۔ پھر یہ سارے کام کر کے تو کوتوال کے گھر لے جاکر مجھے اناج کی کوٹھی سے گرفتار بھی کرا دیگا' —— کیوں چالاک اور چھوٹے مرغے چور نے زور سے مرغے کی ٹانگ کو جھٹکا دے کر کہا پھر چیخ کر بولا۔ چالاک مرغے میں سمجھ گیا تو بڑا مکار اور دغاباز ہے تو نے مجھے کوتوال کے گھر لے جاکر گرفتار کرایا۔ تھا اب میں کبھی تجھے جیتا نہ چھوڑوں گا۔ تیری ایک ایک بوٹی کاٹ ڈالوں گا' چھوٹے اور مکار دھوکہ دیکر ایک دو دفعہ اپنا کام نکال سکتے ہیں

مگر سدا ان کا یہ دھندا نہیں چلا کرتا۔ کسی نہ کسی دن کاغذ کی ناؤ کی طرح چلتا چلاتا کاروبار ڈوب جاتا ہے۔ اب تجھے بھی اپنے کیے کی سزا بھگتنے پڑیگی، جھوٹ کی عمر زیادہ نہیں ہوا کرتی آخر میں جھوٹا ضرور ذلیل ہوتا ہے مرغے اب تو میرے ہاتھ سے بچ نہیں سکتا۔ یہ کہہ کر چور اپنی بیوی سے بولا یہ بہت جھوٹا اور دغا باز مرغا ہے اس کی باتوں میں کبھی نہ آنا چلو اب گھر چل کر اسے پکا کر کھائیں گے دیکھو کہیں بھاگ نہ جائے۔

اتنے میں ایک اور چور آگیا اور اس نے کہا بھائی یہ مرغا بہت چالاک ہے اس نے مجھے بھی بہت بڑا دھوکہ دیا تھا میری اشرفیوں کی گٹھڑی چھین لی تھی، ابھی یہ باتیں ہو رہی تھیں کہ ایک لومڑی چیختی چلاتی اُدھر آنکلی۔ اور چوروں سے پوچھنے لگی۔

بھییا تم نے کوئی چالاک مرغا تو نہیں دیکھا

کیوں بی لومڑی تم چالاک مرغے کو کیوں ڈھونڈ رہی ہو؟

بھتیا میں نے ایک چور سے کھانے کو اُسے
لیا تھا مگر وہ مجھے دریا میں ڈبو کر بھاگ گیا۔
بڑی مشکل سے ڈوبتی اچھلتی میں کنارے پر آئی
اسی دن سے اُسے ڈھونڈتی پھر رہی ہوں۔
ابھی ابھی میں نے اس کی آواز سنی تھی وہ یہیں
کہیں بول رہا تھا۔ ہاتھ آجائے کچا چبا جاؤں

بی لومڑی وہ چالاک مرغا اب میری قید میں
ہے اس نے مجھے بھی دھوکہ دے کر ایک آفت
میں پھنسا دیا تھا معلوم نہیں اور کتنے آدمیوں کو

اس نے دھوکہ دیا ہوگا اب تم اطمینان رکھو میں گھر جاکر اس کی گردن کاٹ ڈالونگا۔

دوسرا چور بولا گردن کاٹنے سے کیا ہوتا ہے۔ اسے تو خوب تکلیف دے کر مارنا چاہیے۔ لومڑی بولی بات تو ٹھیک ہے بھتیا ذرا مجھے بھی ایک پنجہ مارنے دو اس کے سَر پر میرا کلیجہ بھی ٹھنڈا ہو جائے گا۔ پھر تم

دونوں اس کی ٹانگیں پکڑ کر چیر ڈالنا۔ چور نے مُرغے کو لومڑی کے سامنے کردیا۔ اس نے خوب زور سے ایک پنجہ اس کی

کمر پر مارا۔ پھر ایک ٹانگ ایک چور نے
پکڑی دوسری دوسرے چور نے اور زور لگا کر
دو ٹکڑے کر دیے۔ مُرغا بہت چیخا۔

کٹ کٹ کٹاک ، کٹ کٹ کٹاک، کڑ کڑ کڑ
کڑ ڑ ڑ ڑ ——— مگر چوروں نے ایک
نہ سنی۔ سامنے لومڑی کھڑی ہنستی اور خوش
ہوتی رہی۔ جھوٹ، چالاکی اور فریب سے جو
کامیابی حاصل ہوتی ہے وہ سچی کامیابی نہیں

ہوتی ایک نہ ایک دن برے کام کی سزا ضرور بھگتنی پڑتی ہے۔ ہر چالاک اور دھوکہ باز کا انجام یہی ہوتا ہے جو اس چالاک مرغے کا ہوا۔

مکرم نیاز کی دو کتابیں

فلمی دنیا: قلمی جائزہ
(تبصرے، تجزیے)

راستے خاموش ہیں
(منتخب افسانے)

بین الاقوامی ایڈیشن درج ذیل معروف بک اسٹورس پر دستیاب ہیں

Barnes & Noble	Walmart	Amazon.com